KB027898

明燈 秀潭

봉정암

봉정암

수담 시집

한누리미디어

| 축하의 글 |

수행과 구도의 삶을 대변하는 불교문학의 전형

수담(明燈, 속명 신광식)스님은 1990년 범어사로 출가하여 자운스님을 계사로 사미계를 수지하고, 통도사에서 고산스님을 계사로 구족계를 수지한 법랍 33년의 원로 스님이시다. 수담스님은 제방선원 6안거 성만 후 서울 화계사와 강화도 보문사에서 총무를 역임하였으며, 울산 대왕암공원 내에 있는 등용사에서 천일기도를 원만수행하신 후 회향하고 현재는 등용사 총무로 재임하면서 지난 2022년 6월에 시전문지 『시원』 신인문학상 시부문에 당선하여 한국시단에 등단한 시인이시다.

사실 필자와의 인연은 일천하기만 한데 지난 2020년 연초에 강화도 보문사 인근에 위치한 희망병원에서 간호사로 근무하며 틈틈이 보문사에 자원봉사하고 있다는 신을교 시인께서 우리 잡지 『한국불교문학』을 보고 전화한다면서 그 즈음 보문사에 시를 열심히 쓰는 스님이 계시다며 바로 수담스님을 소개하는 것이었다. 그리고 잠시 전화통화도 한 것 같은데 보내주신다던 시 작품은 받아보지 못한 채 몇 달이 흐르고, 다시 서울 도선사를 거쳐 그 해 10월 울산의 등용사로 수행차 떠나셨다는 소식과 함께 바뀐 주소를 전달받았다가 금년(2023년) 4월 28일 신을교 시인을 통해 수담스님께서 시집을 출간하기 위해 원고를 갖고 상경하였다는 소식을 접하게 되었다. 아무튼 우여곡절 끝에 설악산 봉정암에서 수행기도하며 써 모은 시 '봉정암' 을 표제로 세상의 빛을 보게 된 수담스님의 시편들은 일상에서 쉽게 접하는 자연과 환경에 생명을 불어넣으며 나름대로 기승전결을 기반으로 메타포 처리하여 간결하면서도 읽기 쉽고 정갈한 뒷맛을 남긴다.

정서적인 면에서도 자연을 스님의 일상과 아름답게 병치시켜 동일시하기도 하고, 자연과 더불어 살다가 자연으로 돌아간다는 무위자연에 곁들여 계절이 바뀌면 새 생명으로 돋아난다는 윤회사상도 소환하는데, 불교의 기본교리라 할 수 있는 무소유를 노래하며 스스로를 갈무리하는 모습이 매우 감동적이다.

무엇보다 작품 기저에 깔려 있는 측은지심과 자비로 연결되는 인연의 미학이랄까, 부모님과 친구들을 특정 시절의 특별한 순간들로 아로새기는 역량 또한 출중하여 불교문학의 깊은 전형(典型)을 맛보게도 한다. 게다가 수담스님은 음악적 소질도 대단하여 몇 편의 시편에 직접 곡을 붙이는 능력을 발휘하기도 했는데 이 곡들이 민족의 정한을 대변하는 트로트의 율조를 타고 많은 이들의 심금을 울리는 국민노래로 자리하길 기대해 본다.

다시금 수담스님께서 수행 정진을 통해 실제로 당면한 인간문제를 성찰하며 또 불심을 실행하면서 다양한 형상들을 시적으로 발현하고 인식의 가치를 주제에 투영시킨 시집 『봉정암』 출간을 축하드리며, 많은 독자들의 가슴 속에 뜨겁게 자리하여 오래도록 회자되길 기원하면서 부처님의 가르침을 실천하는 선승(禪僧)으로서 모범을 보이는 수담스님께 다시금 힘찬 박수를 보내드린다.

김재엽/ 문학비평가, 정치학박사, 한국불교문인협회 회장

차례

1부 _ 봉정암

2부 _ 크윽한 그대

차례

3부 _ 광덕사

4부 _ 파불

봉정암

제 1 부

봉정암

다짐/ 봉정암/ 잎새/ 백담계곡
백담/ 수렴동 계곡/ 구곡담/ 쌍룡폭포/ 해탈고개(깔딱고개)
먹구름/ 미소/ 유성/ 윤회/ 불뇌사리탑(佛腦舍利塔)
선지자/ 봉정의 가피/ 애란님/ 님

다짐

그여 오르고 말리라
님 계신 그곳
평생 세 번 오르면
업장이 소멸된다는
말도 있지 않은가
설악산 봉정암

봉정암

하늘에 방긋달 스쳐지더니
한 눈에 쏙 들어온 일곱 별
주인공아 주인공아
이 세상에
단 한 명뿐인 주인공아
내 그대 빈 곳에
해탈국 한 국자 부우옵나니
설악의 기가 찬 몸매를
더듬적거리며
땀방울 굳어진 돌탑 아로새겼던
그대 눈먼 기억에
단풍잎 아로새겼던
그대 귀먼 기억에
폭포수 아로새겼던
그대 숨찬 기억에
깔딱길 아로새겼던
간절함으로 간절함으로
내 님 만나옵소서

봉정암
=Slow Rock= Fm
작사 · 작곡/ 수담스님
하 늘에 방 곳달 스 처지 더니 한 눈에 쏙들어온 일 곱별
주 인공아 주 인공아 이 세상에 단 한명뿐인 주 인공 아
내 그대 빈곳 에 해 탈국한 국 자 부 우옵 나니
설 악의 기가찬 - 몸매 를 더듬적 거 리며 땀방울 굳어진돌 탑
아로새 겼던 그 대 눈 먼기억에 - 단풍잎아 로새겼 던 그
대 귀 먼기억에 - 폭 포수아 로새겼 던 그 대
숨 찬기억에 - 깔 딱길아로 - 새 겼 던 간 절함 으로
간 절 함 으 로 내 님 만 나 옵 소 서

잎새

아무런 말 없이
무거운 발길에 밟힌
그 쓰라림마저
새벽 찬이슬 같은
눈물을 먹고
쓸쓸히 사라져간
공허한 영혼에 다가가
무심코 몇 장의 책갈피를
넘기는 순간
콱 눈물이 쏟아져 버리는
아버지
아버지 같은 잎새

백담계곡

용대리 백담은
여름 들어 초록이고
기차게 흐르는
계곡물
차창에 기대
벗어내고
벗어내고
또 벗어내도—
누가 백담계곡
아니랄까 봐

백담

백담계곡 못물들은
숲이 들어 초록하고
구름 들어 하얀데
황홀한 단풍이면 어떻고
뽀얀 눈송이면 어떻고
또한 어떠리
오면 오는 대로
가면 가는 대로
파란 하늘 햇볕이
따갑다고 마다할까
저만이 적적한 것을

수렴동 계곡

먼 산은 먹구름 뒤에 숨어
그 자취 오간 데 없고
비 맞은 돌탑은 윤을 내며
성난 물살을 봅니다
이제 내 앞에는
풀벌레의 자릿거리는 속삭임도
새들의 정겨운 지저귐도
길을 재촉하는 숨결마저도
벗이 될 수 없다는 것을 압니다
그대 수렴동 계곡이여!
나는 오늘 그대가 입혀놓은
이 귀가 찢어질 것 같은
신령스러운 함성에 옷을
송두리째 벗어 던질 겁니다
그대가 내 침울한 두 눈에
죽어가는 잎새에
빨간 순결의 눈물을 각인시켜
날 벅찬 감동에 사로잡혀 놓았던 것도
그대의 함성에 모두 떠내려 보낼 겁니다

구곡담

구곡담 황홀경에
단풍잎 빠져드니
폭포는 서러움 내려
잎새를 떠내리고
가던 발 멈추어서
뉘 이룬 돌탑 위에
잔돌 하나 얹는 것은
꿈에나 볼라는가
다시는 못 볼 정취
황혼에 눈물겨운
이별의 정표여라

쌍룡폭포

들키고 말았네
우리네 콸콸
쏟아져 내리는
사랑타령
님의 시선에
감쪽같이
들키고 말았네
님께서
무지개다리
내려주신 걸 보니

해탈고개(깔딱고개)

물소리 잦아든
해탈고개
가파른 돌길을
오르고 오르고 또 오르고
예끼나
산길 표지판은
생각해 뭘 해
혀끝에 새어나는
모진 숨결
후들기는 무르팍
가벼운 등짐마저
이제는 돌이 된 것을
오 시지프스여
내 그대를 위안삼노라
내 업의 무게가
그대만큼은
좀 덜한 것 같아서

먹구름

밤하늘 별구경
저만 하자고
먹구름 온 하늘을
덮었을지
나
부릅뜬 눈알엔
달도 없고
별도 없고
새도 없고
산도 없어
졸졸대는 심곡이
처량한 것을
그대는 아시는지

미소

파란 하늘
하얀 입술 가늘게
달이 홀로 웃는다
고독한 순례자의
서원을 꿰뚫어 보았는지
귓가를 쓰다듬고
지나가는 바람같이
소리 내듯 웃는다
효조는 성스러운 사리탑을
뱅뱅거리며 깍깍이는데
나는 가신 님 영전에
한 잔의 정안수조차…
파란 하늘
하얀 입술 가늘게
달이 홀로 웃는다

유성

오늘도 그대는 내 가슴에
한 줄기 화려한 빛을 그리며
어둠에 들었습니다
내 가슴은 그대가 그려놓은
빛들로 밝아옵니다
그대를 경배합니다
내일도 그대는
나를 훈육하기 위하여
한 줄기 화려한 빛을 그리며
어둠에 들 테니까요

윤회

꽃 잔디야
너는 아느냐
네 밑에 자비로운 영혼이
미소 지며
열반에 들어 있는 것을
창해여
너는 아느냐
네 안에 뽀얀 재가 되어
사라져간 영혼이
고래의 숨결을 타고 올라
살아 숨 쉬는 것을

불뇌사리탑(佛腦舍利塔)

나는 본다
적멸보궁에 들어 임자 없는
텅 빈 연화좌를
그리고
눈앞에 펼쳐진 신령한 풍광을
해동설산 봉정 영봉 위에
창연히 곧추서 있는
저 불뇌사리탑을
나는 본다
내가 누구였노라
화창한 빛만을 반겼으랴
천부당만부당
밤낮없이 찾아드는 모진 인연
낱낱이 반겨 천 년을 비우고
다시금 천 년을 향하여
오늘도 비웠으리라
반겨 비웠으리라
그 줄줄이 이어지는

간절한 인연의 안김을…

나는 본다

저 불뇌사리탑을

내가 누구인가를

선지자

나는 본다
적멸보궁에 들어
님 계신 불뇌사리탑을
보탑 왼편에 마치
낙타의 등에 올라
유람을 즐기고 있는
선지자인 것만 같은
저 범상치 않은 기암괴석을
장차 님께서 봉정대상에
오실 것을 예견한 듯
님을 향해
묵례의 예를 다하는 듯한
신심을 돋구는
저 위의를 나는 본다
부동하면서도 유람중인
선인처럼 한가로운 비경을
나는 본다 저 선지자를
내가 누구인가를

봉정의 가피

한 마리 극락조
바위가 되었나 보다
길게 늘어뜨린 날개 앞에는
서슬 시퍼런 신장이
비우거라
속 시원히 비우거라
가피를 내려주건만
나는 날마다 접하는
해우소의 안온함마저
까마득 잊고 있었던 거지
언젠가는 꼭
소멸하고야 말
화려한 문명의 알음알이에 취해
시물을 녹이는 죄인이 되어
저 바위가 되어 버린 화엄신장의
나를 향한 끔찍한 연민을
까마득 잊고 있었던 거지

애란님

애란님 애란님 꿈에라도 옵소서
초록 빛 그물 안에 드러누워서
이대로 고이 맞으오리니
침으로 가뿐히 꿰어내시어
장롱 문 틈 사이에 꽂아두소서
뒤적여 뒤적여 내 먹은 것은
범나비 범나비 범나비였소

애란님 애란님 떠올리지 마소서
그윽한 향기를 알고 있나니
개나리 진달래 돋아오를 때
훠얼훨 날아가 쉬어 앉으면
가지가지 흔들어서 때려나 주소
헤집어 헤집어 갉히운 것도
범나비 범나비 범나비였소

애란님

=Slow Rock= Fm

작사 · 작곡/ 수담스님(신광식)

애란님 – 애란님 – 꿈에라도 옵소서 – 초 – 록빛 그물안에 드러누워서
애란님 – 애란님 – 떠올리지 마소서 – 그 – 윽한 향 – 기를 알고있나니

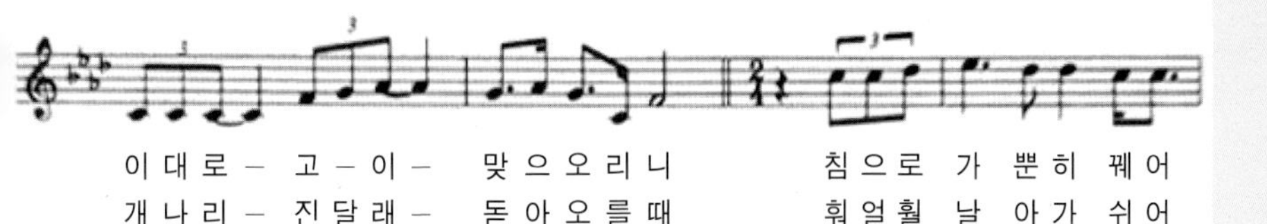

이 대 로 – 고 – 이 – 맞 으 오 리 니 침 으 로 가 뿐 히 꿰 어
개 나 리 – 진 달 래 – 돋 아 오 를 때 훠 얼 훨 날 아 가 쉬 어

내 시 어 장 – 롱문 틈사이에 꽂 아 두 소 서 뒤 적 여 뒤 적 여 내 먹 은
앉 으 면 가 지 가 지 흔 들 어 서 때 려 나 주 소 헤 집 어 헤 집 어 갉 히 운

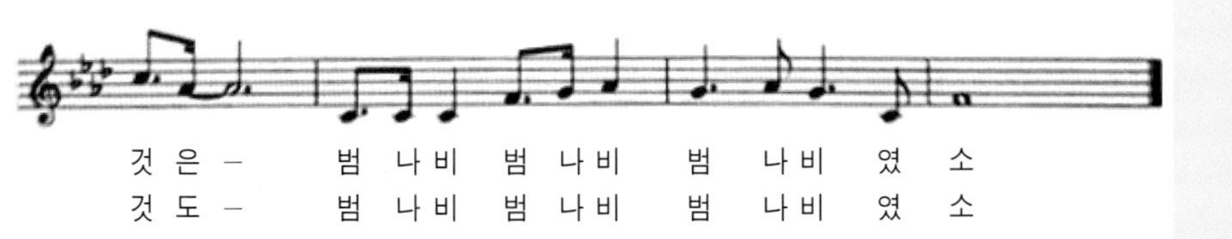

것 은 – 범 나 비 범 나 비 범 나 비 였 소
것 도 – 범 나 비 범 나 비 범 나 비 였 소

님

나의 그리움을
심중(心中)에 또렷이
나라고 드러내
보이시지 않는
님인가 보오
악착같이
내가 나라고
이름 지울 수 없는
그곳에
꼭꼭 숨어 계신
님인가 보오
사랑받고 싶어서
사랑한다고
말하여도
한 말씀
단 한 말씀도 않은 채
날 보고 있을
님인가 보오

봉정암

제 2 부

크윽한 그대

검은 새 · 1

님 전에 요령 울려
청하올 때에
보궁 안에 날아든
검은 새
밤사이 옷 벗고 간
하루살이 풀벌레를
동 번쩍 서 번쩍
부리 속에
감추어 버리더니
기막힐 노릇
내 속내를 어떻게
꿰뚫어 내었는지
상 밑에 옷 벗은
딱정벌레까지도
아 빈틈없는 저 센스
참말로 고맙긴 해도
가슴 치는 상념 하나
남아있구나

검은 새 · 2

새야 검은 새야
시주단 위에 앉았으면
곱게 돌아앉아
님 계신 사리탑을 봐야지
왜 민망스럽게
나만 바라보는 거냐
어쩜 이럴 수가
마치 휴식의 경계를
일깨워 주는 듯한
저 바쁜 부르짖음
빠른 송주목탁에 맞추어
다라니를 속독하는 듯한
고맙다 검은 새야
너의 신선한 염불을
내게 들려주어서
내 다라니 염불이
네 귀에는
좀 지루하게 들렸나 보구나

검은 새 · 3

길게 두 번 울었을 거다
갑자기 님의 연화좌 위를
날아드는가 싶더니
보궁 유리창에 한 줄기 진한
흔적을 남기고 법단 위에
곤두박질한 검은 새
나는 고통을 보았다
온몸을 뒤척거릴 수밖에 없는
나는 처절한 신음을 들었다
찢어질 듯 절규할 수밖에 없는
나는 아무것도 할 수 없었다
따르르 딱 따르르 딱
님의 명호를 부르며
속으로 어서 빨리 저 가련한 새를
님의 둥지에 애민섭수하여지이다 라고
간구드렸던 것 말고는
예불을 마치고 나는 모진 고통 속에 스스로
날개를 접어버린 검은 새를 손에 거두어

양지에 묻었다
그리고 누구나 자유롭고자 하는 본능에
예외가 없다는 것을
나도 그중에 하나라는 걸 상기하면서
님 앞에 죽어간 검은 새에
광명진언을
옴 아모가 바이로차나 마하무드라 마니
파드마 즈바라 프라바를타야 훔

검은 새 · 4

너를 가슴에 묻으며
내 마음이 너에 기댄 것들을
너는 단 번에 알아챘는데
그 무언에 청탁을 싹 거두었는데
나는 너의 자유스럽고자 하는
날갯짓
그 급한 하소연마저
호리도 알아채지 못하였구나
그만 내 고집에 사로잡혀서
너에게 보궁의 덧문을
활짝 열어젖히지 못하였구나
바보 멍청이같이

검은 새 · 5

너의 이름은 동고비
님의 텅 비인 연화좌 위에
우뚝 앉아있는
너의 모습을 바라보니
꿈인 것 같다
널 관심 있게 살펴보았던
안목 있는 스님께서
폰 속에 담아놓았던
너의 모습
바로 이 모습을 보고
얼마나 반가웠는지
내 여린 감성의
밑이 보이더구나
이제는 네 모습을
추억할 수 있어서
내 눈앞에서
모진 고통 속에
날개를 접어야 했던

너의 소원에 다가갈 수 있어서

고개 숙일 수 있어서

네가 오늘은

님처럼 보이는구나

모녀

붉은 장미꽃 볕을 보렴아
풍란은 거기서 말라지려니
해바라기 따라서 볕을 보렴아
풍란은 거기서 죽어지려니
어깨를 들썩이며 뒤돌아선 발길이
댓돌 위에 두고 간 마른 잎새는
따가운 빗물이 쓸어간 것을
우레 치며 허허 쓸어간 것을
아아하 아아아 하
사랑이 붉어서
사랑이 붉어서
뜨거운 것을

모 녀

Slowly
작사 · 작곡/ 수담스님(신광식)
붉 은 장 미 꽃 별 을 보 렴 아 풍 란 은 거 기 서 말 라 지 려 니
해 바 라 기 따 라 서 별 을 보 렴 아 풍 란 은 거 기 서 ㅡ 죽 어 지 려 니
어 깨 를 들 썩 이 며 뒤 돌 아 선 발 길 이 댓 돌 위 에 두 고 간 ㅡ 마 른 잎 새 는
따 가 운 빗 물 이 쓸 어 간 것 을 우 레 치 며 허 허 쓸 어 간 것 을 아 ㅡ
하 ———— 아 사 랑 이 ㅡ 붉 어 서 ㅡ 사 랑 이 ㅡ 붉 어 서
뜨 거 운 것 을

선객

선객이라서
선객이라고
말할 수밖에 없는
나의 도반 진석스님
그대
머물다 간 빈 자리에
이 굿거리 장단을……

크윽한 그대

홀짝 홀짝 들이킨
크윽한 그대
홍련 꽃 한 송이
얼굴에 피워놓고
한시름 데려가네
공들여 만났다고
살갑게 다가와
저 홀로 삭이는
가슴앓이
보다듬고 달래주네
크윽한 그대
크윽한 그대
장지문 활짝 열고
님 따라 나서는데
호두나무 가지 사이
달빛이 녹아든다

크윽한 그대

=굿거리= Cm

작사 · 작곡/ 수담스님(신광식)

지숭스님

검 끝이 팔팔하게 살아있던 검객의
호구 밖에 한 소식은 내 손으로 건넨
큰스님의 석인대소였다
이제는 검을 접고 선객이 되겠노라고
해운정사 가마솥 불붙이던
신심 일던 열정이 하얀 가루가 될 때까지
그는 배우 애드리언 브로디를 빼어 닮은
이국적 외모를 풍기는 숨은 선객이었다

아~ 동우아저씨 지숭스님이시여
병술년 화창했던 가을날
조카 이번 생은 영 틀린 것 같애
몸이 말을 안 들어
한생 더 살아야 할 것 같아 하신 그 말씀
지금도 생생합니다
빨리 오소서 동자승으로
석인대소의 시절인연 찾아 곧장 오소서
은사스님 친견하고
사랑하는 사제 지덕스님도 만나고
저도 만나러
부디 한칼 단디 갈고 오시옵소서

알아

알아
세월 참 빠르구나 할 때
내 좀 더
그대를 아끼지 않았다는 걸
목척교 다리 밑을
졸졸거리는 시냇물 바라보며
허공에 대고 한숨 지며
그렇게
알아
그때 자네 아버님 어머님하고
영일만 바닷가에서
맛난 회 한 접시 비웠을 때를
그리워하며
알아
형이 좀 더 형답지 못했음을

우리 누나

엄청 행복해 보였어
우리 누나
갓난 핏덩어리 포대기에 들쳐 업고
가래떡 달걀 어묵
고추장 물들이던
길바닥 매운 시절
키 커 오르는 동네 텃새
만만치 않았을 것을
창공에 매달린
낮달같이
깔깔 웃고 있던
우리 누나
갓난 핏덩어리 포대기에 들쳐 업고
가래떡 달걀 어묵
고추장 물들이던
우리 누나
엄청 행복해 보였어

복덩어리

너 지금 뭐해
그럼 봐
왜냐고 묻지 마라
그냥 봐
커피숍 창가에
앉아 있을게
덩실 덩실 날아와
아 열 받아 불 받아
한가롭다 해놓고
개념 없는 너
아 보곱다 보곱다
내 마음 들켜 버린
사랑하는 너
나보고 뭐하냐고?
눈앞에 서 있네
복덩어리 서 있네

풍낙화

꽃잎이 하얗게 휘날린다
봄바람 타고
그 화사한 미색
눈에 쏙 들어
털신 한 짝 꽁꽁 묶어놓더니
저와의 이별을 즐겨 보란 듯
폰에 저와 나 이별의 순간을
찰칵하란 듯
볼에 한껏 기댄 꽃잎
찬스라 싶었다
웬걸 쌩하고 토라진 바람
무슨 수로ㅡ
꽃잎은 바람을 타오르며
가엾은 바람이시여
이 꽃잎은 압니다
그대가 나보다 먼저
가실 거란 걸
희롱하듯 파아란 하늘에

꽃잎이 하얗게 휘날린다
봄바람 타고

님 가시는 길

님께서 홀로이 가시는 길을
겹벚꽃 수줍듯 낮붉히는 길
벌나비 덩달아 날개짓는 길
님께서 홀로이 가시는 길을
새들이 날마다 지저귀는 길
오색 빛 연등이 님 오기만을
빛을 머금고 기다리는 길
님 따라 고이 살아온 세월
무쏘의 뿔처럼 살아온 세월
몰라요 몰라요 나는
당신은 알아차리셨나요

북대사

북대사 너와지붕 오늘도 여전쿠나
참나무 깎아 얹어 세월을 단청함이
너는 그새 늙어지고 나는 그새 젊어지고
미륵전 뜰 앞에는 쥐돌이 참선하며
상왕이 도망갈까 까치발우 되었건만
관명님은 어디 있고
학명님은 어디 있나?
산신각 선당삼아 수좌님들 앉았거늘
흠모했던 수좌님들 직심대오하셨는지
나옹대에 삼배하고 앞산을 바라보니
푸르렀던 숲마저도 구름 속에 숨어지네
바람이 알 거나
구름이 알 거나
아 아 십오 년 전 옛일을

※ 병술년 가을에

계산리

근친은 다들 이사를 가고
옛집 마당에는 어느새 풀만 무성해
짝 없는 잣나무는 저 홀로
삭은 빨랫줄을 팽팽히 동여매고
문간방 기둥이 무너지기를
세월아 네월아 기다리는지
아직도 빨랫줄에 매달려 있는
부러진 집게 두 개에
햇볕이 들어가 빛을 내는데
제법 눈이 부시다
광수사 앞 배밭은
앞서 가신 근친이 팔았다 그래
배나무는 많은데 배는 다 어디로 갔나
가리개를 하나씩 뒤집어쓰고
이리 주렁 저리 주렁 매달려 있구나
깨알 같은 글씨를 읽고 있는가?
종축랑에 닭소리 장난이 아녀
학하동 나오는 사잇길에는

탱자가 노랗게 익어가는데
가시담장 조심해 걷지 않으면
가시에 찔려 아플 거구먼
탱자는 그 속에서 잘도 익겠지
서풍이 한두 차례 날아들어도
아직은 따땃한 여름인 것을

*정해년 여름에

은행나무 길에서

나의 서러움은 은행잎
초록 부채잎
생생한 알갱이 수두룩 감싸안고
간당이던 알갱이 땅에 떨구어
짓밟히는 알갱이 역겹노라며
찬바람 부치시던 은행잎
초록 부채잎
깐깐했던 그때가 언제였다고
도도했던 그때가 언제였다고
오늘은 이렇듯 노란 잎으로
아름다이 아름다이
저의 머리와 옷깃을 스쳐내려
검정 고무신 앞에
거뜬히 드러누워
이토록 포근한 잎새길을
노랗게 노랗게
깔아놓고 계시나이까?

영시(零時)

거센 환호는 까아만 하늘에
밝은 불꽃을 뿌리며
새로운 다짐으로
어제의 회한을 묻어버렸다
긴 행렬이 하늘에 드린 선물은
평상 위에 놓고 간 촛불 하나
꼬닿게 타오르는 촛불 하나였다
종이 울었다
죽었던 억겁의 세월을 일으켜
세우기라도 하듯
열원히 비는 마음 하나
벗이 되어서
종은 쉴 새 없이 울었다
긴 행렬이 다 지나도록
그리고 까아만 밤은
달의 잔잔한 미소와
작은 별들을 더욱 더
반짝거리게 하였다

새해가 훠얼훨

타오를 때까지……

※ 병신년 새해를 맞아 화계사에서

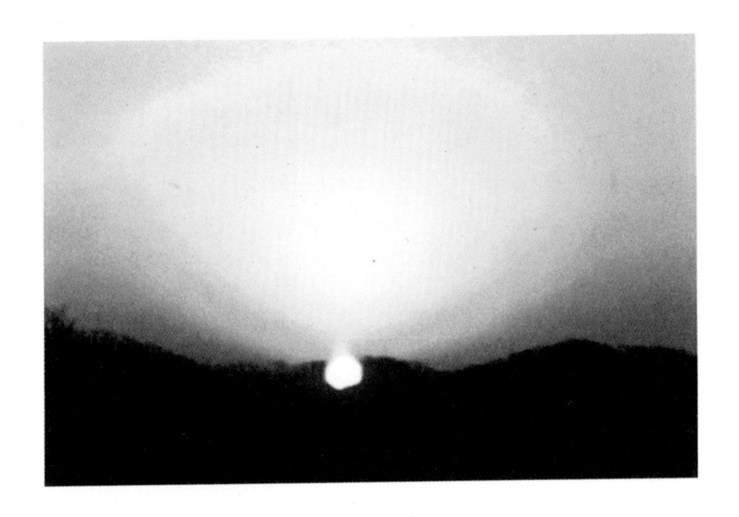

홍엽

햇살이 차갑게 부서지기를
얼굴 붉히도록 기다렸어요
냉정한 우리 님보다
키가 더 큰 가람의 추녀 밑에
아! 저 원수 같은
소싯적 내 동무 데려간
저 원수 같은 풍경이 울면
그때에 나는
하늘을 솟구쳐 올라
덩실 덩실 춤을 출 거요
보란 듯이
춤을 출 거요

※ 을미년 시월의 끝에서, 화계사 있을 때

제 3 부

광덕사

빛구름/ 김치/ 엄마 자장가/ 해님
꿈/ 큰 스님/ 광덕사(廣德寺)/ 청춘/ 달 보며/ 가시
밤의 왕국/ 합장/ 악인원리/ 용서
청천(青天)/ 참회(懺悔)

빛구름

빛구름 섬돌 위에
살아 들어와
세 마리 원앙이
소풍을 간다
저만큼
청동불이 계시온 곳에
앞서가는 둘이는
부부라더냐
뒤따르는 하나는
새끼라더냐
경이로운
해님의
조화라더냐

※ 천안 각원사에서

김치

까만 비바람 몸서리치는 날
샘터를 넘나들며 물 긷는 사람들
꽃장화 색장화 앞치마
빨간 고무장갑은
모두 주인을 찾았나 보다
시끌벅적 후원 장마당에 웃음꽃 핀다
널찍한 도마 위에 칼이 춤춘다
천 이백 포기의 배추와 무 과일 등이
요술을 부리는 낯설고도 낯익은 사람들에게
갈라지고 씻어지고
절여지고 썰어지고
간들여져 비벼지고 주물러져
속속들이 맛들여지는구나
김치가
우리들 손끝에서……

*2018. 11. 21. 강화 보문사에서

엄마 자장가

차창을 두드리는
빗방울 소리는
누가 뭐라 하든
엄마 자장가
쉼터에 길게 누워
꿈맞이하니
미소 짓고 오신 님
기가 차게 반가워
옥수라도 잡고파
다가서는데
벗도 따라
드렁 드렁
꿈맞이할 때
님도 따라
가버린 것을
눈떠 눈떠
가버린 것을
차창에

은행잎 붙여놓고서

잊지 말라

잊지 말라

가버린 것을

아 아

차창을 두드리는

빗방울 소리는

누가 뭐라 하든

엄마 자장가

해님

대왕암 끝 바다
고개 드는 그대
오늘도 온 가슴 파고들어
경이로운 건
나는 죽어서도 그대를
벗어날 수 없다는 것
그대는 내가 무얼 하든
나를 감싸안지만
그대 사랑 복에 겨워
까부는 건 바로 나
감사하다고
한 말씀 속 시원히
해드리지도 못하면서
그대 사랑 복에 겨워
까부는 건 바로 나

꿈

꿈을 날아서
조각난 달빛에 깃들어
노 젓는 구름 사이 구름 사이에
고개를 길게 내밀어
인연에 다가가는데
지긋해도 낯익은 고향이더라
엄마 속 울고 나온 동네더라
바다 좋아 바다 살던 연어도
알 낳고 옷 벗을 땐
제 고향 산천 찾는다는데
그 귀하고 소중한 고령의 혈통을
이어갈 수 없는 것 빼고는
뭐 어쩌라고
다정한 친구여
고향으로 가세나
일산 앞바다
큰 형님 오기까지는
우리들 시간 아닌가

달빛이 서린다
감나무집
안방 유리창에
빨간 석류도 덩달아
꿈은 누가 뭐래도 고향인 것을
언제나 한결같은
님의 품속인 것을

큰 스님

내 님의 고독은
가신 님 미소
내 님의 사랑은
물 담근 찻잔
내 님의 뚝심은
나를 보는 눈
아무 말 없이
나를 보는 눈

광덕사(廣德寺)

광덕사
느티나무 뒷동산
동그랗게 피어오른
겨우살이여
나뭇가지 새 나뭇가지 새
촘촘히 들어서 있는 것은
영겁토록 상주하는
님의 넉넉한 덕성이어라
지극히 고운 님께
그여 다가가
고이 찻잎이 되어주려 함이던가
그대를 이토록 동글 동글 키워낸
저 속이 텅 빈 느티나무마저도
금세 님의 화현인 듯
호두나무 광덕사에
목탁이 눈떠 구른다

청춘

청춘일 땐 그랬다
단 하루를 놀기 위해 한 달을 일했다
아깝지 않았다 땀띠 나게 놀아서
청춘일 땐 그랬다
능수버들 우거진 천변에 포장마차
오뎅국 막걸리 한 잔에 차비 톡톡 털고
유행가 벗을 삼아 발 부르트게 걸었다
청춘일 땐 그랬다
캠퍼스 잔디밭을 서성거리며
맘씨 고운 심청 하나 만나면
온몸 바치리라 했었다
청춘일 땐 그랬다

달 보며

날 버린 님일랑은
생각을 말자
거리에 내쫓긴
서러움만은
미움으로 하나씩
갚겠노라고
가끔씩 스며드는
그리움만은
되돌려 보내기가
힘들었던 걸
미움도 저에겐
사랑이었던 걸
저 달은 알려나
늑대의 울음소리를……

가시

뜰 앞의 흑장미 단비를 맞고
말라 비틀어진 가시 끝에는
빗물이 툭툭 터져 내리는 것을
세상살이 너나 할 것 없이 잘 알지
너무나 잘 알기 때문에
그 죽음이란 게 뺑찌게 두려워서
그저 모른 척하고
겁 많아도 겁 없는 척
장미꽃 향기만을
진하게 진하게 맡았을 뿐이지
저도 모르는 새 가시에 쿡 찔려
열정어린 가슴에
청춘이란 가슴에
피고름 맺히는 줄 모르고
장미꽃 향기만을
진하게 진하게 맡았을 뿐이지
사랑하고 아파하고 미워하고
이별하고 그리워하고

또 사랑하고 아파하고 미워하고
이별하고 그리워하며
가시를 보았던 거지
꽃의 임자는
따로 있었다는 걸 보았던 거지

밤의 왕국

황홀한 청춘이었다
밤의 왕국이 뿜어내는
사이키 조명은
어둠을 번쩍 번쩍
찢어버렸다
광란의 빛들이었다
무대 위에는 산발한 보컬이
Grand Funk에
Inside Looking Out을
연주하였고
홀에는 이브를 지새우는
빽빽한 청춘들이
몸부림치는 열정으로
축축이 배어든
땀내와 술내음을 교감하면서
저마다 설레이는
시선 앞에 다가가
온몸을 탈탈 털어버렸다

밤의 왕국이 만든 쉼터는
흰 물수건과 하얀 실선이
지나간 것들을
또렷이 보여주었다
온 테이블을 밝힌
빨간 원통형의
불빛들은 갈증을 부르는
손끝을 타올라
한동안 그 주변에 어둠을
빨갛게 흔들어 놓았다
그리고
눈앞에 아른거렸던
희미한 기억은
깍듯한 사나이의
하얀 옷깃에 붙어있던
빨강나비가 펑펑 울면서
내 눈앞을 배회하고 있었다
퍼엉 퍼엉 울면서

*1976년 크리스마스 이브 킹덤나이트

합장

노란 부채잎
눈앞에 길게 드러누워
살포시 나를 반겨
나의 발길을 반겨
영영 떠난 줄만 알았던
애달픈 기억들
새록새록 팔짱을 끼고
여린 가슴에 파고드는 건
아직도 그 애끓는 기운이
미움이라서
아픔이라서
그리움이라서
피할 수 없었던
인연이라서
다 내가 쌓은 빚이라서
나는 허공에 두 손을 모은다
님을 향한 사랑이라서
웃음보단 눈물 많은

그런 사랑이라서

나는 허공에 두 손을 모은다

악인원리

오라고 손짓해도 안 갈 거예요
머리를 조아려도 안 갈 거예요
말을 빼면 안장 하나
갖고 계실 님
손을 씻고 빌어도 안 갈 거예요

물은 준대도 안 갈 거예요
꿀을 준대도 안 갈 거예요
말을 빼면 채찍 하나
갖고 계실 님
죽었다 깨어나도 안 갈 거예요

용서

그래 너와 나는 하나였겠지
오롯이 마음길 찾아가는 하나였겠지
이판이 사판 되고
사판이 이판 되는
신출귀몰한 소식
그대가 모르는가?
내가 모르는가?
그 절묘한
공사(空事)판 소식!
먹구름 지나가면
파란 하늘만 남듯
업을 알고 난 뒤에
참회는 찬란한
보석 같은 거라고

청천(靑天)

쫄래둥이 시절에 하나님께 빌었어요
내 친구 구슬 다 따먹게 해달라고
아싸라비야 하나님 대낄
아싸라비야 하나님 대낄
한 발짝 두 발짝
멀어져가는 내 보석상자
나는 파아란 하늘을 보고
하나님 왜 그랬어
내 기도는 꽝이여 따무시 기도만 다여
하나님도 아녀,
요놈아 침 맞아도 싸다
하늘에 침 뱉으면 비 맞는 것 몰러
아버지 하나님이 너 땜시 우시는겨
어혀 아버지께 잘못했다구 빌어
할미 말대로 따라서 혀 착하지
아버지 하나님 아버지 하나님
내 탓이로소이다 내 탓이로소이다
내 탓이로소이다 내 탓이로소이다

아버지 하나님 아버지 하나님
모든 게 다아 내 탓이로소이다
모든 게 다아 내 탓이로소이다
밖에는 비가 주룩주룩 흘러내리고 있었습니다
아아 그날 내가 하늘에 내뱉는 침은
주님의 주님의 눈물이었습니다

참회(懺悔)

믿음은 그날의 치욕을 씻고
부활의 영광을 되찾았노라고
이 땅에 사랑이 다시 오기를
간절히 간절히 빌었노라고
믿음을 깨뜨린 우리 안에서
알 듯 모르게 회개하라고
나는 과연 주님과 같이
그들을 위해서 죽어줄 수가
그들을 진정으로 사랑할 수가
문제는 바로 이것
이것이 주님의 원수인 것을
아 아 사랑치 마시고
아예 데려가소서
님의 뜻대로 뜻대로
하여지이다

*갑신년 하늘로 간 친구 어머님(대전 제일장로교회 권사)을 찾아뵙고…

제 4 부

파불

파불(破佛) · 1

– 오신 님

보문산 산마루
오르는 길목
고운 님 얼굴이
데굴데굴
뒹굴리던 길
바람이 철쭉꽃을
훑고 있었지
나 보라고
바람이
철쭉꽃을
훑고 있었지

파불(破佛) · 2

– 이별

종소리 숨어진
가람 뒤뜰에
갈바람 대숲을
스쳐 지날 때
갈기갈기 찢어지며
통곡하는 달빛이
아 아
이내 품속에서 버려지는
님인 것만 같았네
슬픈 이별 앞에
그나마 마지막 위안이었던 건
님들이 계셨다는 것
돌아서는 발길에
남아있는 것이라곤
짠한 눈동자에 서리운
님의
잔잔한 미소였었네

파불(破佛) · 3

– 달력

서리꽃 지어입고
돌아오신 님께서
어깨를 토닥이며
고개 밑에 들여놓은
홍련꽃 한 송이
놀란 가슴
눈 떠 마주보는 건
풀려버린 가부좌
님도 없어 꽃도 없어
도리질하고 보니
푸르른 연밭 위에
수두룩한 홍련꽃
날 새워 벽에
꽃을 낳았나 보다
나 보라고

不增不減

파불(破佛) · 4

– 백의자모(白衣慈母)

고운 님
입으신
저 백의는
백의가 아니더라
된서리일 뿐이더라
지난 가을
대숲이 소리쳐 울고
달빛 찢어지던 날
가람 뒤뜰에
처량히
버려진
님께서
한겨울 다 가도록
맞고 맞은 눈보라
된서리일 뿐이더라

이슬

그대
밤새워 꽃잎에
기대있더니
아슬아슬 품에 든
해님 안고서
빛나는
보석이 되었구나
빛나는
보석이

당신과 나는

불을 지피는 당신은
불을 끄는 나는
오물을 버리는 당신은
오물을 치우는 나는
밥을 짓는 당신은
밥을 먹는 나는
잘난 당신
못난 나
성당의 종소리
가람의 풍경소리
그러나
당신과 나는
영원한 하나

용순아

미안해 내가 잘못했다
많이 아주 많이
마치 그럴려고 그런 것같이
너와 같이 할 수 없게 되었던
이별 앞에서
네 온 가슴을 갈기갈기 찢어 놓았던
아주 오래 전 그 때
겁 없이 방황하던 청춘이
저질러버린 잘못을
용서받을 수 없어서
용서하지 마 절대 용서하지 마
하고 살았는데
오늘 밤 꿈에 나타난 네가
나를 보고 활짝 웃고 있는 걸 보니
너무 예쁘고 편해 보여서
어쩌다 길거리에서 너와
마주치거나 네가 떠오를 때면
네가 부디 행복하게 잘 살기만을 빌며

너에 대한 미안함으로
늘 내 자신이 미웠었는데
너는 나를 이미 용서했구나
미안하다 용순아 착한 용순아
그때 네가 흘렸던 굵은 눈물이
짜가웠던 그 눈물이
오늘 다 늙어빠진 지금에서야
내게 돌아왔구나
고맙다 용순아!
그 짜가운 눈물 내게 돌려줘서

꽃산

솔바람에 지누나
저 연분홍 꽃잎
아레는 벚꽃이
눈처럼 하얗게
청천에 부서지더니
오늘은
저 연분홍 꽃잎
대왕암 등용사
섬돌 아래에
소복이 소복이
쌓여서
바닥 타는 저들 보기에
꽃산 하나
생겨났구나

척판암

불광산 척판암에
두견이 울면
두근대는 가슴으로 오르겠어요
혼내시면 혼납지요
무르팍 저리도록
건강만을 챙기세요
뒤 말씀일 없으니
불광산 척판암에
두견이 울면
숨이 가쁘도록 오르겠어요
가져간 새 박은
님이 쓰시고
새는 헌 박일랑
제게 주소서
한 모금의 석간수
박에 들 수 있다면
저는 그것으로
족할 겁니다

달 보고 갑니다

달 보고 갑니다
멀어져 가는 달 보고
애가 달아
노란 잎 두 장 얹어
쌔앵
신음 내어 갑니다
빌딩 사이
위에 삐꼼
옆에 삐꼼
동글거리다
팩 토라져
앞산 뒤에 마실 간
달 달래갑니다
술이 고파 술잔에 들었나요
처량남 베갯머리
안경 안에 들었나요
낙동강 빠져들어
목욕을 즐기나요
동그랗게 밝아오는 달 보고 갑니다

빨강불

선병원 건널목을
마주보는 두 사람
서로를 손짓하며
오라는구나
파란불 다 가도록
파란불 다 가도록

허공이 되도록 사랑하다가

이 세상에 나보다 못한 사람은
단 한 명도 없다
그 숭고한 얼굴 앞에
검지를 펴지 마라
그대 곁에는 늘
빛이 살아있나니
우린 언제나
서로에 고달프지만
속에는 다 같이 서로를 위하여 흘려줄
흘려줄 따뜻한 눈물이 남아 있다는 것
사랑하다가
몸이 날아갈 듯이 사랑하다가
허공이 되도록 사랑하다가

맛집

그 고웁던 미색이
험난한 세파에
수더분한 식당 아줌마로
선화동 사거리
한 모퉁이에
제법 뿌리를 내렸구나
김나는 콩나물밥
양념간장에 쓱쓱 이면
입안에 녹아드는
기분 좋은 감칠맛
녹두전 한 사라에
막걸리 한 사발이
이내
잠자던 감성을 일깨우는 건
님의 넉넉한 마음씨렸다
한결같은 손맛이렸다

좋은식단
대전광역시
모범음식점
Good Restaurant
고향

밤새워

밤새워 그대를
멀뚱히 바라보다가
멀뚱히 바라보다가
넋이 나간 듯했어
내가 없는 듯했어
밤새워 그대를
멀뚱히 바라보다가
멀뚱히 바라보다가
넋이 나간 듯했어
내가 없는 듯했어

두봉 주교님

주교님 주교님 두봉 주교님!
대전 대흥동 성당에 계시올 적에
아버님 손에 이끌려
성모여고 사제별관에서 처음 뵙던 님
핸썸하신 그 모습 눈에 선한 건
보석처럼 빛났던 파란 눈동자였어요
검정 수단에 드러나는 새하얀 로만칼라와
님의 입술에 물려있던 파이프에서
풍겨나는 담배연기는
그야말로 초콜릿 향기였어요
그때는 나도 커서 님처럼 되리라 다짐했는데
불교재단인 학교를 다녀서인지 깨달음에 들기 위해
그만 승려가 되어 현재까지 수행중에 있습니다
두봉 주교님이시여
그때 아버님이 MBC 라디오 방송에 나가는
오분 명상을 집필하실 때
가끔은 선화동집에 들르시어 두분이 홍차를 나누시고
아버님이 님께 올리는 글들을 꼼꼼히 감수해 주셨던

기억이 새록합니다
안동에 가서서도 안동사람들 대부분
주교님을 모르면 의아해 할 정도로
청렴과 절개를 부여주신 두봉 주교님이시여!
저의 아버님께서는 몇년 전
형제간에 화해하고 살거라
그 누구에게건 알릴 것도 없으니
그저 깨끗이 화장하여 금강에 뿌리거라는 유언을
사전에 남기고 하나님 품에 돌아가셨습니다
제가 주교님께 이 말씀을 고하는 것은
아버님 장례를 마치고 화장막 앞에서
저를 찾아온 스님들과
불교의식을 봉행할 찰나였습니다
공교롭게도 제 바로 옆에서
가톨릭 성가가 허공에 크게 울려 퍼졌습니다
검정 제의를 수하신 신부님과 수녀님들과
유족들과 여러분들이
옆에 계신 주검이 화장되어지는 화장막 앞에

모두 함께 모여 아버님이 화장되어지는 순간과
때를 맞추어
거룩한 성가를 부르기 시작한 것입니다
그 순간 저는 저희 도반 스님들께 양해를 구하여
의식봉행을 뒤로 미루고
인연이 가르쳐주는 섬세한 의미를
다시금 들여다보게 되었습니다
어버님께서는 천주교인이셨고
영세까지도 받으신 분이셨습니다
저의 큰할머님께서도 화세를 받고 가셨고
저의 작은할머니 남마리아 진순 님 역시 자나깨나
벽에 걸린 십자가 밑에서 하나님 한 분 밖에 모르시는
열성 천주교인이셨습니다
그러나 어머니께서는 저를 몸에 가졌을 때
매일같이 대전 보문산에 오르셔서 당시에 있던
천태사라는 암자에 들러 나반존자님께 공을 들여
제가 태어났다고 하셨습니다
아무튼 저는 그때 그 가톨릭 미사가 다 끝나도록

홀로 생각에 아버님의 인연은 역시 하나님이셨구나
하나님께서는 아버님이 열여드레 해가 바뀌도록
당신님을 경애하는 오분 명상을 집필하였던
그 수고를 잊지 않고 계셨구나고
또한 어떠한 방법으로든 그 영혼을 섭수하시는구나고
그 인연의 깊이를 실감할 수 있었습니다
흠모하는 두봉 주교님
아버님(레나도)은 그렇게 인연 따라
하나님 품속에 영면하셨습니다
제가 이제서라도 용기를 내어 펜을 들었던 것은
언제인가 KBS TV를 통하여 방영하였던
까르트시오 봉쇄수도원 3부작을 접하다가
주교님의 존안을 뵙고 꼭 한 번은 만나뵈리라
서원하고 과거 주교님의 깊은 은혜를 입은
저의 사촌형 박신 님을 통하여
주교님이 의성쪽에 계신다는 말씀을 듣고
근간에 꼭 한 번 만나뵙기를 서원하게 된 것입니다
꼬옥 찾아뵙겠습니다

주교님!

강녕하소서

청안하소서

고개 수그려 두 손 모읍니다

고신 관우 님의 삼자

삼가 **수담** 올림

† 主님의 평화

신레나토 선생님!

하느님의 축복 많이 받으세요.

동봉해드리는 것은 "마음이 가난한 사람의 기쁨" 재판 되었기 때문에 받은 액수의 일부입니다.

신레나토 선생님이 다시 성당에 다니신다는 것을 들으면 제 마음이 무척 기뻐할 것입니다.

기도합니다.

안녕히 계세요.

99. 2. 28

추기경

主님의 평화

신 레나도 선생님!

主님의 축복 많이 받으세요.

동봉해 드리는 것은 《마음이 가난한 사람의 기쁨》 재판되었기 때문에 받은 액수의 일부입니다.

신 레나도 선생님이 다시 성당에 다니신다는 것을 들으면 제 마음이 무척 기뻐할 것입니다.

기도합니다.

안녕히 계세요.

1999. 2. 28

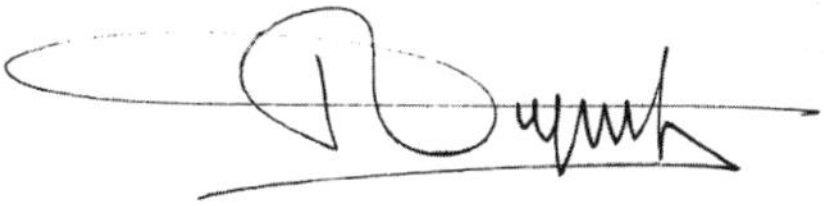

두봉 주교

No. 1

공경하올 레나도 두봉 주교님!
서신을 받잡고도 즉시 감사의 답서를 올리지 못하였으니 죄송한 말씀 무어라 표현하오리까.
저는 주교님께 너무도 많은 죄를 짓고 있습니다.
주교님의 영적인 감화속에 살아오는 저로서는 주교님의 정신이 담긴 주옥같은 "삶의 에세이"가 재판되었다는 사실 만으로도 뛰어오를만큼 큰 반가

10×20

No. 2

움이고 기쁨인데 과분하옵게도 수표까지 받사오니 이 못난 저에게 기울여 주시는 주교님의 그 따뜻한 배려 오죽 가슴이 메일뿐입니다.
저의 나이 이제 80 원고의 청탁마저도 소원해지는 저의 처지에 보내주신 수표가 얼마나 긴요한 큰 도움이었는지 모릅니다.
죄스런 말씀이오나 제가 성당에 나가지 못한것은 제 자식이 불가에 귀의해

10×20

공경하올 레나도 두봉 주교님!

서신을 받잡고도 즉시 감사의 답서를 올리지 못하였으니 죄송한 말씀 무어라 표현하오리까.

저는 주교님께 너무도 많은 죄를 짓고 있습니다.

주교님의 영적인 감화 속에 살아오는 저로서는 주교님의 정신이 담긴 주옥같은 '삶의 에세이'가 재판되었다는 사실만으로도 뛰어오를 만큼 큰 반가움이고 기쁨인데 과분하옵게도 수표까지 받사오니 이 못난 저에게 기울여 주시는 주교님의 그 따뜻한 배려 오즉 가슴이 메일 뿐입니다.

저의 나이 이제 80, 원고의 청탁마저도 소원해지는 저의 처지에 보내주신 수표가 얼마나 긴요한 큰 도움이었는지 모릅니다.

죄스런 말씀이오나 제가 성당에 나가지 못한 것은 제 자식이 불가에 귀의해 스님이 되었고, 주교님께서 염려해 주시던 여식 '필로메나' 역시 불가에 귀의해 속리산에 들어가 있었고 하여 자식들의 가는 길을 지켜보다 보니 자연히 성당과 멀어지게 되고, 다만 주일이면 山에 올라 하늘 가까운 정상에 서서 두 손 모아 천주경을 외

No. 3

스님이 되었고 주교님께서 염려해 주시던 여식 "필로메나" 역시 불가에 귀의해 속리산에 들어가 있었고 하여 자식들의 가는 길을 지켜보다 보니 자연히 성당과 멀어지게 되고 다만 주일이면 山에 올라 하늘 가까운 정상에 서서 두손모아 천주경을 외우며 제가 "레나도"임을 확인하는 처지이옵니다. 주교님 이것이 못난 저의 지금의 모습이오니 헤아려 주시옵소서.

No. 4.

같은 본명의 주교님 계신 북녘 하늘을 우러러 주님의 은총아래 만수무강하시기만 간구하오며 이 "레나도" 머리를 조아립니다.

99. 3. 22 신관우 올림

우며 제가 '레나도' 임을 확인하는 처지이옵니다.

주교님, 이것이 못난 저의 지금의 모습이오니 헤아려 주시옵소서.

같은 본명의 주교님 계신 북녘 하늘을 우러러 主님의 은총 아래 만수무강하시기만 간구하오며 이 '레나도' 머리를 조아립니다.

1999. 3. 22.

신관우 올림

MBC
RMB 연속방송

5분명상

5분명상

一○○제선집

신관우 저

두봉 주교 감수

당부

아들(범락)아
너는 가진 게 없어서
가진 걸 내놓을 것도
너는 배운 게 없어서
배운 걸 내놓을 것도
딱히 내놓을만한
신통한 것도 없나니
지금처럼 재미나게 놀려무나
고생하는 네 엄마
극진하게 보살피면서
지금처럼 재미나게 놀려무나

| 작품해설 |

불심과 시심의 융합과 시적 진실

– 수담스님 시집 『봉정암』

김송배
(시인, 한국문인협회 자문위원)

1. 자아(自我) 인식과 성찰의 발현

현대시의 구조나 형태는 대체로 자아를 인식하면서 시간과 공간의 개념을 설정하고 그 환경에 따라서 변화되는 상황이 시인의 상상력으로 재생되는 형태의 구조로 발전하게 된다. 이러한 예는 흔히 말하는 삶의 궤적(軌跡)에서 추출한 심리적 반응이 성찰(省察)이라는 인간 본연의 성정(性情)을 현현(顯現)하면서 자아 인식의 시적 구도를 명민(明敏)하게 안착하는 경우를 많이 대할 수가 있게 된다.

여기 수담스님이 상재하는 첫시집 『봉정암』을 일별하면서 스님이 인식하는 자아의 범주(範疇)는 수행과 구도의 비범한 사유(思惟)에서 창출된 인간의 진실이라는 대명제를 실현하려는 시적 원류를 확인하게 되는 것도 그가 보편적 인식의 단계를 넘어 스님의 특수한 정서가 발현되고 있음을 알 수 있게 하고 있다.

수담스님(속명 신광식)은 일찍이 범어사에서 자운스님을 계사로 사미계를 수지하고 그 후 통도사에서 고산스님을 계사로 구족계를 수지한 원로 스님이다. 스님은 제방선원 6안거 성만 후에 서울 화계사와 강화도 보문사에서 총무를 역임하였으며, 울산 대왕암 공원내 등용사에서 천일기도를 원만 회향하고 현재는 등용사 총무로 재임하면서 지난 6월에 시전문 계간지 『시원』의 신인상 모집에 당선하여 우리 시단에 등단한 시인이시다.

스님은 수행 정진을 통해서 실제로 당면한 인간문제들을 성찰하면서 불심(佛心)을 실행하는 다양한 형상들을 시적으로 발현하고 인식의 가치를 주제에 투영하는 시법(詩法)을 구사하면서 부처님의 가르침을 실천하는 선승(禪僧)으로서의 모범을 보이는 현대의 지성적인 스님이라고 할 수 있을 것이다.

> 하늘에 방긋달 스쳐지더니
> 한 눈에 쏙 들어온 일곱 별
> 주인공아 주인공아
> 이 세상에
> 단 한 명뿐인 주인공아
> 내 그대 빈 곳에

해탈국 한 국자 부우옵나니
설악의 기가 찬 몸매를
더듬적거리며
땀방울 굳어진 돌탑 아로새겼던
그대 눈먼 기억에
단풍잎 아로새겼던
그대 귀먼 기억에
폭포수 아로새겼던
그대 숨찬 기억에
깔딱길 아로새겼던
간절함으로 간절함으로
내 님 만나옵소서

－「봉정암」 전문

수담스님은 이 시집의 주제시인 「봉정암」에서 감지할 수 있는 바와 같이 눈먼 기억과 귀먼 기억들로 충만해 있던 "내 그대 빈 곳" 이나 "설악의 기가 찬 몸매" 가 상호 융합하면서 창출해내는 그 "간절함으로" 아로새겼던 "내 님" 을 만나서 동행하라는 어떤 계시와 같은 기원의식으로 주제를 설정하고 있어서 우리들의 공감을 유로(流露)하고 있는 것이다. 한편 수담스님은 작품 「다짐」에서도 "그여 오르고 말리라/ 님 계신 그곳/ 평생 세 번 오르면/ 업장이 소멸된다는/ 말도 있지 않은가/ 설악산 봉정암" 이라 하여 봉정암과 "님"

에 대한 상관성에 대하여 심도(深度) 있는 사유(思惟)에 천착(穿鑿)하고 있는 것이다.

이처럼 수담스님은 “사랑받고 싶어서/ 사랑한다고/ 말하여도/ 한 말씀/ 단 한 말씀도 않은 채/ 날 보고 있을/ 님인가 보오(「님」 중에서)”라는 어조(語調)로 거룩하신 부처님을 흠모(欽慕)하는 확고한 의식의 안착을 읽을 수 있게 하고 있는 것이다.

내 님의 고독은
가신 님 미소
내 님의 사랑은
물 담근 찻잔
내 님의 뚝심은
나를 보는 눈
아무 말 없이
나를 보는 눈

-「큰 스님」 전문

수담스님의 수행정진에서 간과(看過)할 수 없는 부분이 “님”에 대한 숭앙(崇仰)의 심중을 배제하지 못한다. 여기 “큰 스님”이 적시하는 것과 같이 님의 고독과 님의 사랑 그리고 님의 뚝심은 바로 “아무 말 없이/ 나를 보는 눈”이라는 혜안(慧眼)의 숭고함을 상징적으로 적시하고 있는 것이다.

이러한 "님"에 대한 연민의 정감적 어조는 작품「님 가시는 길」「파불 1-오신 님」「파불 2-이별」「파불 3-달력」「파불 4-백의자모」 등에서 스님의 내면 의식에서 침잠(沈潛)된 지향적인 불심의 근원으로 남아 있는 것이다.

수담스님이 전국 각 사찰을 순회하면서 획득한 영감적인 면면들은 다음과 같이 들려주고 있는 것이다.

- 복대사 : 산신각 선당삼아 수좌님들 앉았거늘/ 흠모했던 수좌님들 직심대오하셨는지/ 나옹대에 삼배하고 앞산을 바라보니/ 푸르렀던 숲마저도 구름 속에 숨어지네
- 광덕사 : 저 속이 텅빈 느티나무마저도/ 금세 님의 화현인 듯/ 호두나무 광덕사에 / 목탁이 눈떠 구른다
- 화계사 : 그때에 나는/ 하늘을 솟구쳐 올라/ 덩실 덩실 춤을 출 거요/ 보란 듯이/ 춤을 출 거요
- 보문사 : 까만 비바람 몸서리치는 날/ 샘터를 넘나들며 물 긷는 사람들/ 꽃장화 색장화 앞치마/ 빨간 고무장갑은 / 모두 주인을 찾았나 보다
- 각원사 : 저만큼/ 청동불이 계시온 곳에/ 앞서가는 둘이는/ 부부라더냐/ 뒤따르는 하나는/ 새끼라더냐/ 경이로운 / 해님의 조화라더냐
- 화계사 : 거센 환호는 까아만 하늘에/ 밝은 불꽃을 뿌리며/ 새로운 다짐으로/ 어제의 회한을 묻어버렸다
- 광수사 : 광수사 앞 배밭은/ 앞서 가신 근친이 팔았다 그래/ 배나무는 많은데 배는 다 어디로 갔나

• 등용사 : 오늘은/ 저 연분홍 꽃잎/ 대왕암 등용사/ 섬돌 아래에/ 소복이 소복이/ 쌓여서

2. 자성의 인식과 비움의 미학

수담스님의 시적인 지향점은 대체로 부처님이 간구(懇求)하는 인본주의(humanism)의 개념에서 출발하고 있다. 스님의 사유에는 언제나 상구보리(上求菩提) 하화중생(下化衆生)으로 이 세상에서 항상 넓게 메아리치기를 염원하는 인성의 자성적(自省的) 신심(信心)을 적시하고 있는 것이다.

나는 본다
적멸보궁에 들어 임자 없는
텅 빈 연화좌를
그리고
눈앞에 펼쳐진 신령한 풍광을
해동설산 봉정 영봉 위에
창연히 곧추서 있는
저 불뇌사리탑을
나는 본다
내가 누구였노라
화창한 빛만을 반겼으랴
천부당만부당
밤낮없이 찾아드는 모진 인연

낱낱이 반겨 천 년을 비우고
다시금 천 년을 향하여
오늘도 비웠으리라
반겨 비웠으리라
그 줄줄이 이어지는
간절한 인연의 안김을…
나는 본다
저 불뇌사리탑을
내가 누구인가를

－「불뇌사리탑」 전문

수담스님은 이와 같이 설악산 가장 높은 곳에 세워진 봉정암에 부처님의 진신사리를 모신 불뇌사리탑 앞에서 "나를 본다"는 화두로 풀어나간 스님은 "내가 누구인가를" 항상 자숙하거나 자성하는 "간절한 인연의 안김"을 설법하고 있는 것이다. 스님은 비움의 철학에 지대한 관심을 표출하고 있는데 바로 "밤낮없이 찾아드는 모진 인연/ 낱낱이 반겨 천 년을 비우고/ 다시금 천 년을 향하여/ 오늘도 비웠으리라/ 반겨 비웠으리라"는 어조로 보리(菩提)의 거룩한 정신세계를 구현하려는 구도적(求道的)인 자세로 "나"에 대한 성찰이 정진의 구심점이 되고 있는 것이다.

한 마리 극락조

바위가 되었나 보다
길게 늘어뜨린 날개 앞에는
서슬 시퍼런 신장이
비우거라
속 시원히 비우거라
가피를 내려주건만
나는 날마다 접하는
해우소의 안온함마저
까마득 잊고 있었던 거지
언젠가는 꼭
소멸하고야 말
화려한 문명의 알음알이에 취해
시물을 녹이는 죄인이 되어
저 바위가 되어 버린 화엄신장의
나를 향한 끔찍한 연민을
까마득 잊고 있었던 거지

-「봉정의 가피」 전문

다시 스님은 "서슬 시퍼런 신장이/ 비우거라/ 속 시원히 비우거라/ 가피를 내려주건만/ 나는 날마다 접하는/ 해우소에 안온함마저/ 까마득 잊고 있었던 거지"라는 스님의 지조(志操)와 같이 비움에 대한 신념이 수행정진의 최상의 도달점임을 명징(明澄)하게 들려주고 있어서 우리들 중생의 공감을 불러 일으키고 있는 것이다.

한편 수담스님이 실천하려는 비움의 미학은 부처님의 가피정신에 원류를 두고 자비(慈悲)의 원대한 불심으로 "언젠가는 꼭/ 소멸하고야 말/ 화려한 문명의 알음알이에 취해/ 시물을 녹이는 죄인이 되어/ 저 바위가 되어 버린 화엄신장의/ 나를 향한 끔찍한 연민을/ 까마득 잊고 있었"다는 속죄의 미학으로 발전시키고 있는 것이다.

이처럼 속죄와 성찰의 흐름은 작품 「합장」 중에서 "여린 가슴에 파고드는 건/ 아직도 그 애끓는 기운이/ 미움이라서/ 아픔이라서/ 그리움이라서/ 피할 수 없었던/ 인연이라서/ 다 내가 쌓은 빚이라서/ 나는 허공에 두 손을 모은다"는 심정의 내면 중심에는 스님의 합장이 무엇을 의미하는지 짐작할 수 있게 하고 있는 것이다. 이 밖에도 작품 「윤회」 「용서」 「해님」 「선지자」 등에서 "나"와 상관성이 교통(交通)하는 시법을 읽을 수 있어서 스님의 신앙의 심도(深度)를 살펴볼 수가 있는 것이다.

3. 산자수명한 자연과 서정성

수담스님은 산중에서 정진 중에서도 주변의 자연 풍광에 심취(深醉)해 있음을 알 수 있다. 스님은 백담계곡이나 수렴동 계곡 등 자연 정취에서 교감한 서정적으로 내재된 서정성은 배제할 수 없다. 그러므로 스님은 서정시인일 수밖에 없다. 더구나 산사(山寺)의 생활을 통해서 접하게 되는 자연 서정에 투영된 생명성의 발현에 시정(詩情)은 넘쳐나고 있기 때문이다. 스님은 우선 작품 「백담」 전문에서 "백담계곡 못물들은/ 숲이 들어 초록하고/ 구름 들어 하얀데/ 황홀한 단풍이면 어떻고/ 뽀얀 눈송이면 어떻고/ 또한 어떠리/ 오면 오는 대로/ 가면 가는 대로/ 파란 하늘 햇볕이/ 따갑다고 마다할까/ 저만이 적적한 것을" 이라는 어조로 자연 서정에서 심정적인 온유(溫柔)를 토로하고 있는 것이다.

먼 산은 먹구름 뒤에 숨어
그 자취 오간 데 없고
비 맞은 돌탑은 윤을 내며
성난 물살을 봅니다
이제 내 앞에는
풀벌레의 자릿거리는 속삭임도
새들의 정겨운 지저귐도
길을 재촉하는 숨결마저도
벗이 될 수 없다는 것을 압니다
그대 수렴동 계곡이여!
나는 오늘 그대가 입혀놓은
이 귀가 찢어질 것 같은
신령스러운 함성에 옷을
송두리째 벗어 던질 겁니다
그대가 내 침울한 두 눈에

죽어가는 잎새에
빨간 순결의 눈물을 각인시켜
날 벅찬 감동에 사로잡혀 놓았던 것도
그대의 함성에 모두 떠내려 보낼 겁니다

-「수렴동 계곡」 전문

이 "수렴동 계곡"에서 스님은 먼 산, 먹구름, 비맞은 돌탑, 성난 물살 등 자연의 형상들이 스님의 시야에 착목(着目)하면서 다채로운 정감의 이미지를 생성하고 있는데 스님은 시각뿐만 아니라, "풀벌레의 자릿거리는 속삭임도/ 새들의 정겨운 지저귐도/ 길을 재촉하는 숨결마저도/ 벗이 될 수 없다는 것을 압니다"라는 청각적인 이미지로 복합적인 시적 환경을 도입하여 서정성을 창출하고 있는 것이다.

수담스님은 이 「수렴동 계곡」에서 도출하려는 주제는 바로 결론으로 적시한 "그대가 내 침울한 두 눈에/ 죽어가는 잎새에/ 빨간 순결의 눈물을 각인시켜/ 날 벅찬 감동에 사로잡혀 놓았던 것도/ 그대의 함성에 모두 떠내려 보낼 겁니다"라고 의미심장한 심적인 고뇌요소를 표출하고 있어서 그 계곡에서 감응(感應)한 휴머니즘적인 비움의 미학이 다시 생성하고 있는 것이다.

구곡담 황홀경에
단풍잎 빠져드니

폭포는 서러움 내려
잎새를 떠내리고
가던 발 멈추어서
뉘 이룬 돌탑 위에
잔돌 하나 얹는 것은
꿈에나 볼라는가
다시는 못 볼 정취
황혼에 눈물겨운
이별의 정표여라

–「구곡담」 전문

여기 "구곡담"에서도 황홀경이나 단풍잎, 폭포, 잎새, 잔돌, 황혼 등등 스님의 시야에 펼쳐진 경관들이 서정적인 정취에서 감응하는 정서의 향방은 바로 자연과 인성이 융합하는 어조는 꿈에서나 볼 수 있을지 알 수 없는 "다시는 못 볼 정취/ 황혼에 눈물겨운/ 이별의 정표"라는 순수한 정감을 이해하게 하는 것이다.

다시 작품 「해탈고개(깔딱고개)」 중에서도 "가벼운 등짐마저/ 이제는 돌이 된 것을/ 오 시지프스여/ 내 그대를 위안 삼노라/ 내 업의 무게가/ 그대만큼은/ 좀 덜한 것 같아서" 라고 "물소리 잦아든/ 해탈고개/ 가파른 돌길을" 오르면서 봉정암 오르는 깔딱고개에서의 참회와 성찰의 신심을 서정성으로 표출하고 있는 것이다.

4. 친자연적인 현상과의 대화

수담스님은 서정적인 감성을 자연 풍관에서 뿐만 아니라, 친자연적인 사물에서도 미감(美感)이 넘치는 작품을 구사하고 있어서 불법에서와 같이 시법을 공유하고 있음을 이해하게 한다. 일찍이 철학자 파스칼은 그의 유명한 『팡세』에서 "자연이 모든 것을 말할 수 있고 신학까지도 말할 수 있다는 것을 그로부터 배우는 사람이야말로 자연을 깊이 존중하는 사람들이다"라는 명언으로 자연과 우리 인간들과의 교감을 통해서 친자연적인 인간 생활을 강조하고 있는 것을 보면 자고(自古)로 우리들 인간은 자연 친화의 생활을 묵시(默示)하고 있는 것이다.

꽃잎이 하얗게 휘날린다
봄바람 타고
그 화사한 미색
눈에 쏙 들어
털신 한 짝 꽁꽁 묶어놓더니
저와의 이별을 즐겨 보란 듯
폰에 저와 나 이별의 순간을
찰칵하란 듯
볼에 한껏 기댄 꽃잎
찬스라 싶었다
웬걸 쌩하고 토라진 바람

무슨 수로—
꽃잎은 바람을 타오르며
가엾은 바람이시여
이 꽃잎은 압니다
그대가 나보다 먼저
가실 거란 걸
희롱하듯 파아란 하늘에
꽃잎이 하얗게 휘날린다
봄바람 타고

—「풍낙화」 전문

이처럼 낙화의 이미지는 한 생을 마감하는 형상에서 결실로써 소임을 다하는 지극히 단순한 형태의 삶을 이해하게 되지만 수담스님은 더 나아가서 "저와의 이별을 즐겨 보란 듯" 이라는 바람과 낙화와 인간의 상호 상응(相應) 관계를 명시하고 있어서 우리들의 공감영역은 확대되고 있는 것이다. 또한 스님은 이를 더욱 구체화하는 어조로 "꽃잎은 바람을 타오르며/ 가엾은 바람이시여/ 이 꽃잎은 압니다/ 그대가 나보다 먼저/ 가실 거란 걸/ 희롱하듯 파아란 하늘에/ 꽃잎이 하얗게 휘날린다/ 봄바람 타고" 라는 결론은 바람이 휘날리게 하는 꽃잎은 바람이 꽃잎보다 먼저 사라지는(소멸) 것, 말하자면 "가실 거란 걸" 이미 간파하고 있어서 자연과 인간 그리고 만고풍상의 섭리에 대한 경외심(敬畏心)을 작품으로 형상화하고 있는 것이다.

한편 작품 「은행나무 길에서」 중에서도 "나의 서러움은 은행잎/ 초록 부채잎/ 생생한 알갱이 수두룩 감싸안고/ 간당이던 알갱이 땅에 떨구어/ 짓밟히는 알갱이 역겹노라며/ 찬바람 부치시던 은행잎"이라는 은행나무의 생태에서 나의 서러움이라는 감성을 합성함으로써 시의 위의(威儀)에 도달하는 시법은 매우 훌륭하다고 할 수 있을 것이다.

밤하늘 별구경
저만 하자고
먹구름 온 하늘을
덮었을지
나
부릅뜬 눈알엔
달도 없고
별도 없고
새도 없고
산도 없어
졸졸대는 심곡이
처량한 것을
그대는 아시는지

–「먹구름」 전문

다시 수담스님은 자연의 생체(生體)뿐만 아니라, 자연 현상에서 지대한 시적인 영감을 투영하여 작품을 완성하는 지적인 시법을 이해하게 되는데 이 "먹구름"은 천체(天體)의 현상을 덮고 인간과의 단절로 깜깜한 형태의 세상 고뇌를 투영하고 있는 것이다. 스님은 "달도 없고/ 별도 없고/ 새도 없고/ 산도 없"는 암흑의 천지는 바로 우리 인간세에서 눈알을 부릅뜨고 찾아봐도 보이지 않는 형상을 안타까워 하면서도 "졸졸대는 심곡이/ 처량한 것을/ 그대는 아시는지" 라는 결론으로 먹구름을 형상화하고 있는 것이다.

또한 이러한 자연 현상에서 작품 「달 보며」 중에서도 "가끔씩 스며드는/ 그리움만은/ 되돌려 보내기가/ 힘들었던 걸/ 미움도 저에겐/ 사랑이었던 걸/ 저 달은 알려나", 그리고 작품 「해님」 중에서도 "오늘도 온 가슴 파고들어/ 경이로운 건/ 나는 죽어서도 그대를/ 벗어날 수 없다는 것" 등의 어조로 자연 섭리와 교감하는 시법은 공감에서 상당한 설득력을 가지게 된다.

수담스님은 첫 시집 『봉정암』을 상재하면서 불심과 시심이 융합하는 새로운 경지를 개척하는 선승의 모습에서 더욱 존경의 마음을 보태게 한다. 부디 상구보리(上求普提)와 하화중생(下化衆生)의 부처님의 설법을 실천하여 이 세상을 밝게 인도하시기 바란다.

봉정암

•

지은이 / 수　담
발행인 / 김영란
발행처 / 한누리미디어
디자인 / 지선숙

•

08303, 서울시 구로구 구로중앙로18길 40, 2층(구로동)
전화 / (02)379-4514, 379-4519
Fax / (02)379-4516
E-mail/hannury2003@hanmail.net

•

신고번호 / 제 25100-2016-000025호
신고연월일 / 2016. 4. 11
등록일 / 1993. 11. 4

•

초판발행일 / 2023년 5월 20일

•

•

값 15,000원

•

※잘못된 책은 바꿔드립니다.
※저자와의 협약으로 인지는 생략합니다.

•

ISBN 978-89-7969-870-1 03810